Let's play with ABC

アルファベット遊戯

青池薔薇館

Maison Rose sur les rives de l'étang bleu

Miotsukushi
澪標

アルファベット遊戯　目次

前菜　英字ビスケット ……………………………………… 4

A 特A丼をもう一杯！ ……………………………… 6
B ２B弾は危険なにおい ………………………… 8
C 元素記号はC ………………………………… 12
D アイスキャンDはワイフの味 ………………… 14
E E感じで踊ろう ………………………………… 16
F ドスとFスキー ………………………………… 20
G 無言のGマイナー ……………………………… 24
H 愛の前にでしゃばるH ………………………… 26
I アイラヴューのIは愛？ ……………………… 28
J JKは国の宝だ！ ……………………………… 30
K 懲りないJK …………………………………… 32
L あこがれの美詩L ……………………………… 34
M アラサー女の歩M ……………………………… 36
N 知らN恋は苦しきものそ ……………………… 40
O まいどOきに …………………………………… 42
P 話がPマン ……………………………………… 44
Q Q街道はいつも渋滞 …………………………… 46
R いつでもメールはイニシャルR ……………… 48
S エスはシスターのS …………………………… 50
T Tカップで乾杯！ ……………………………… 52
U Uウツなる日日をどうしよう ………………… 56

𝒱　Ｖサインは控えめに ……………………………… 58

𝒲　Ｗスタンダードは窮余の一策 …………………… 60

𝒳　クリスマスはＸ脚で千鳥足 ……………………… 62

𝒴　Ｙルドな夏に ……………………………………… 64

𝒵　掲げないでねＺ旗 ………………………………… 66

食後の甘味　アルファベット・デザート ……… 70

あとがき ……………………………………………… 76

装幀・装画　倉本 修

英字ビスケット

英字ビスケットは定番のおやつだった
たぶん、あれでアルファベットと出会ったのだろう
お絵描き帳に何度も書いて覚えるのだが
漢字よりも易しいのですぐに頭に入った

文字を習得する方法はいろいろあるが
今でもあれは売れているのだろうか
「英字」という字面がレトロな感じを醸し出している
胡麻味なんていうのもあったはず

人は成長するにつれて
新奇なものが馴染んだものに脱皮する
アルファベットもそのひとつだ

覚えてしまえば
二十六文字なんてちょっと少ない気もする
組み合わせは浜の真砂の数ほどあるけれども

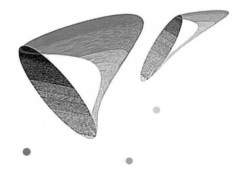

特Ａ丼をもう一杯！

俺の最後の晩餐は決まっている
鰻丼に肝吸い
肝焼きがあればなおいい
さらに白焼きで一杯つけば最高だが
死ぬ直前には無理だろう

ある作家が「あと千回の晩飯」
という企画を立てたが
少しそれに触発されたのである
最後の晩餐
いい響きだ
もっとも、寅さんは
最後の晩酌と言い間違えた

この世を去る際
何か気の利いたことばを遺せればよいが
辞世の句なんていうのは辛気臭い
俺は「あばよ」と言って去りたいが
どうも平凡すぎる

そこで考えた
あるうなぎ屋の看板メニューに
特Ａ丼なんていうのがあった
うなぎを一尾半使った贅沢品だ

俺は死ぬ間際に叫ぶ
「特Ａ丼をもう一杯！」

２Ｂ弾は危険なにおい

危ないものは遠ざけられる
もっとヤバイものは
抹殺される
世の常だ……

酒は狂水　女は泥沼
賭博は呪縛　麻薬は魔役
適度がいいに決まっているのに
度を越してしまう
越境の標識が目に入らないのか
あるいはあえて無視するからか

それは罪作りだ！
指摘されてハッとするのはさいわい
そもそも人間なんて
もともと存在が犯罪
せめてルールを決めて
守ろうじゃないの

俺は子どものころ

火を見ているのが好きだった
焚火が最高だったが
どんな火でもよかった
かたちなく　つかめない
ゆらゆら揺れて
踊っているようだ

もっと好きだったのは爆発
夜空の花火は
加減の効いた小爆発
きれいだけれど物足りない

俺がやった危ない遊び
プラモデルの戦車や戦闘機に
２Ｂ弾を仕掛けることだ
バラバラになった破片を集めて
セメダインでつなぎ合わせ
さらに爆発させて楽しんだ

中には蛙の尻に突っ込む奴もいたが
さすがにそいつはしなかった
破壊への衝動
子どもにはありがちなことだ

しばらくして
チクロの使用禁止と呼応するように
２Ｂ弾の製造打ち切りが決まった
残念だが仕方がない
危険なにおいが漂う俺の思い出

元素記号はC

ダイヤモンドは炭素のかたまり
燃えれば炭化して
やがては二酸化炭素の露と消える
ギャング映画で教わった

盗んだダイヤモンドを
山頂で奪い合った挙句に
噴火口に撒き散らした
「あぁ、燃えてしまう……」
黒いアイパッチの悪漢が叫んでいた

元素記号はC
鉛筆の芯も同じだ
結びつきの構造が異なるので
化学的な見かけは月とスッポン
俺はそれを知ったとき
こころが湧き立った

人間のからだも炭素を含んでいる
酸素の次に多いらしい

もっとも酸素は水素と結合して
水分として内在するから
干からびてミイラになれば
ほとんど炭素じゃないのか

ダイヤモンドと鉛筆の芯
人間も加えて
それほど変わりはない

人間は不純な元素記号の第6番
ただのCだ

アイスキャンDはワイフの味

においに敏感になった現代人は
情事の前のシャワーは必須条件
口臭予防も万全で
隅から隅までデオドラント

ところがそうは考えない人もいて
ある女の告白に興味をそそられた
「あたしさぁ、外国人とエッチしたことあんのよぉ
それでさぁ、シャワー浴びてくるねって言ったら
とんでもない、君のにおいが消えてしまうじゃないか
って言われたの。なんか興奮したわぁ」

最近では、腋毛はおろか陰毛まで剃る人もいて
俺はちょっと嘆かわしく思っている
六十年代の映画を観ると
脇の下に毛がぼうぼう……
なんてのは当たり前で
電車の吊革をもった若い女の脇から
恐ろしく毛が生えていたことも覚えている

エチケットかもしれないが
永久脱毛が男子にまで及んで
身づくろいに
うるさいこと　うるさいこと

ある人の説によると
野菜のにおいがしなくなったのと
リンクしているらしい
鼻を近づけてみないと
分からないなんて
昔の八百屋ではありえなかった

俺はどちらでもいいが
ワイルドの方が健全のような気がする
よい匂いには気持が落ち着くが
悪臭でなければ
自然なほうがよい

アイスキャンDを頬張ったとき
仄かな乳の味がして
子どもを産んだばかりの
ワイフを思い出した

E感じで踊ろう

五十の坂道を下り始めたころである
定期健診で異常が見つかった
その前年に大切な友を喪い
追い討ちをかけるように
父が死に　母が去った

「今度は俺かよ」と思ったが
不思議に怖くはなかった
こんな俺でも　いなくなれば
愛人が淋しがるだろうな……
そんな気もしたが
どうにも仕方がない

手術を受けて　療養に努め
俺は一月で職場に復帰した
われながらタフだと思った
「殺されても死なないタイプの人間になりたい」
そんな言葉を吐いていたこともあったが
自分自身のことはよく分からない

いざ生還してみると
おまけの人生を感じた　儲けたと思った
俺は今まで断念していたことを始めた
詳しくは内緒だが
ひとつだけ公開してみよう
踊り始めたのだ

野暮を絵にかいたような人が
凄まじく派手な格好で
パーティに参加していた
「赤い蝶ネクタイはないだろう」と思ったが
晴れ晴れとした顔をしていた
その人は数か月後に死んだ
末期の癌だったと聞いた

母親が死期を悟ったとき
英会話を始めた
「南極に行きたいから……」
そんな理由だったが
俺はそんなものかと思った

俺ももうすぐ死ぬかもしれない
再発したら終わりだ
そう思うと　急に元気が出た

そうだ！　踊ろう！

俺はパンクロックの轟音が半端でない
ライヴハウスに出入りするようになった
アップテンポの低音バンドの演奏は心地よかった
俺はタンクトップに半ズボン
サンダルにバンダナの恰好で
死に物狂いで踊った
足を踏まれても　脇腹を小突かれても
痛みなど感じなかった

真冬も同じスタイルを貫いた
「伝説のエンドレス・ダンサー」
そんな称号も貰った
最高で４時間ぶっ通し
疲れを知らずに踊った

ダンシング・ハイを感じた
Ｅ感じで踊った
こんな経験は
一生の間にもそうはないだろう
俺の大事な宝物である

ドスとＦスキー

これまでいろいろな人と出会ってきたが
何回か話を交わした後では
こちらの見方が狂っていなければ
だいたいの人をタイプ分けできたような気がする

あの人は明るくふるまっているけれど実は根暗
あの人は口が悪いけれど腹の中はさっぱりしている
あの人は親切そうに見えてほんとうはいじわる
あの人は寡黙だけれど大事な話をさせれば雄弁

そうやってウマが合う人を探すわけだが
簡単には仲良くなれないのが一般だろう
ともだちづくりはけっこう難しい

わたしが親しみを感じるのは変わった人に尽きる
杓子定規やくそ真面目に用はない
何かひとつでいいから
あまり見かけない特長をもっていれば
それだけで興味が湧くというわけ

アリストテレスの盟友にテオプラストスという人がいて
『人さまざま』という本を書いているが
そこに登場するいろいろな人たちは
古代ギリシアの人間観察の報告書なのに
現代社会のどこにでも見かけるような人たちだ
古今東西老若男女
人間にそれほどの違いがあるわけではない

しかし、世の中には変わり種もいる

もう音信不通になってしまったが
高校時代に乙月愛<ruby>乙月愛<rt>おつきあい</rt></ruby>という男子がいた
こいつは変わっていた
制服がないことをいいことに
ほとんど女の子のような恰好で登校した
顔つきはいかつかったので
どう見ても違和感の塊だったが
頭が切れるのでいじめの対象にはならなかった
敬して遠ざけるに限る人物だったのだろう
ところがわたしとは気が合って
よく二人で会話を交わしたものである

彼は愛用の<ruby>肥後守<rt>ひごのかみ</rt></ruby>で
暇さえあれば鉛筆を削っていた

それも常にＦを
硬度や濃度がちょうどいいらしい
シャープペンシルは苦手らしかった

あるとき教室で二人だけになったとき
おもむろに肥後守を指して「ドス」と発音した
さらに鉛筆のＦをかざして
「おれは、ドストエフスキー。ドスとＦが好きだから」
と真顔で言った
わたしはどう対応していいのか分からず
しばらく黙っていた
たぶん彼は
一世一代のダジャレをかましたのだろう

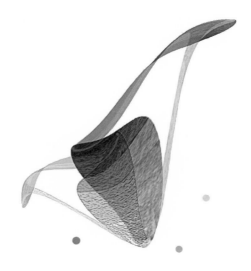

無言のGマイナー

居酒屋には演歌
バーにはジャズ
カフェにはクラシック
定番の音楽はここちよい

金曜の夕べは痛快アクション
土曜の深夜はホラー
日曜の午後はラヴ・ストーリー
お決まりの映画は面白い

わたしにはルーティーンに埋没して
毎日を同じようにかわすしか術がない
疲れた肉体をもみほぐし
過熱した脳髄を冷やしている

ところが、日常には魔物が潜んでいる
いつか足をすくわれる
そのことに気づいたとき
太陽が黒く見える
地球には誰もいない

わたしは悲しいとき
さらに悲しい曲を聴く
わたしは嬉しいとき
やはり悲しい曲を聴く

楽しい曲にこころは浮き立たない
頭が空っぽになって
やがてこころは沈んでゆく
どこまでも沈んでゆく

淋しい曲に出会えば
わたしのこころに光が差す
たとえばヴェネツィアの舟歌
Ｇマイナーの代表曲

ゴンドラの船頭は寡黙
ひたすら櫂を漕ぐ
わたしは捕縛されて刑場へ
日常を貪った罪ゆえに

愛の前にでしゃばるＨ

ＡＢＣ……とつづく二十六文字の
アルファベットの母胎をつくったのは
古代ギリシア人
それ以前に存在した
フェニキア文字が
その原型らしい

俺は中学生のころ
ＨとＩの配列順にニヤッと笑った
勝手に変換すれば
「エッチの後に愛が来る」になる

これは画期的なことだ
普通、愛が盛り上がって
エッチに及ぶのではないのか
そうでなければ順番が狂って
興醒めを招くだけ
エッチが先に来れば愛は生まれない
そう思っていた

ところが大人になって
娼婦に触れるようになると
いろいろな愛があることが分かった
それを愛と呼ぶにはあまりに淡いが
なじんだ女にはそれなりの思いが生まれる

愛のいただきにHがある
それが理想だ
俺はその逆があってもいいと思う
愛の前にでしゃばるH
それでもいいと思う

アイラヴューの I は愛？

ディス・イズ・アッペーンなんて
やりはじめたのはいつだったか
小学生の終わりごろだったろうか
中学に先行して
英語を習い始めたのだ

俺は、《I am a boy.》には a がつくのに
《I am Tom.》には a がつかないことに引っかかった
だいぶ長い間の疑問だったが
そのうち突然分かった
外国語は教わるよりも
自分で納得するしかない

だいいち、関心の矛先が向かうのは
エッチ方面ばかりだったので
そんな単語ばかり見つけて喜んでいた
《I love you.》や《Kiss me more.》なんかは
訳さなくとも頭に入った

そのうち、「ウォアイニー」や「ジュテーム」は

必須のフレーズになったし
もっとキワドイことばも覚えた
クソガキのお定まりの一本道である

しかし、「アイ・ラヴ・ユー」なんて
女の子を前にして
口にしたことがあるだろうか
たぶん……ない
ジョークになってしまうからだ

I すなわち俺が
愛そのものになって愛を語る
そんなときは
きっとやって来ない

ＪＫは国の宝だ！

「ＪＫは国の宝だ！」
と叫んだ奴がいた
宴たけなわの突然の叫び声だった
俺はそいつのイニシャルがＪＫなので
自分のことを言っているのだと一瞬思ったが
すぐに思い返した
たんに女子高生が好きなだけだ

話頭を転じてみよう
平成の中頃の話である
昭和生まれで平成育ちのＪＫが
電車の中でおしゃべりをしている
「ねえ、ねえ、あれって昭和臭くない？」
聞くともなく聞いていた俺は
「昭和臭い」という新鮮な言葉遣いに
心底圧倒された
耳について離れなかったが
やがて反撃を試みた
「あんたらだって、そのうち
平成臭いって言われるぜ」

ブルセラ　援交　パパ活……
なんでもありの自由奔放
若さの特権を振りかざす
青春真っ盛りだ

ある高校の先生が
「なぜ不良行為に走るのか」
と、真顔でJKに質問を試みた
「先生、あたしらの人生ってさぁ
先が見えてるじゃん
どうせ浮かばれないんだからさぁ
若いうちに遊びまくって何が悪いの……」
と、こちらも真面目に答えた

その先生は言葉に詰まった
「あんまりヤバすぎることには手を出すなよ」
か細い声で、そうつぶやくのが精一杯だった

懲りないＪＫ

　ＪＫといっても、女子高生とは限らない
　俺がこれから話題にするＪＫは
　ジャパニーズ・キッズすなわち日本のガキのことだ

　あれは何年前だったか
　東日本が大震災に見舞われる前だったと思う
　俺は京都から東海道新幹線の上りに乗っていた
　名古屋で前の座席に母子が乗り込んできた
　俺は嫌な予感がしたが
　指定席なのでそのまま動かなかった

　三歳くらいの男の子が
　座席に座らずその上に立っていた
　こちらの方を向いてにっこりした
　無視しようかとも思ったが
　俺は笑顔で応えてしまった

　やがて、俺の顔めがけて
　ピロピロ笛を吹き始めた
　今度は取り合わなかった

隣にはその母親が座っているはずだが
何の指図も企てない
子どもの好きにさせているようだ

俺は文庫本に集中した
一分に一回ぐらいの割合で
吹き戻しの先端が俺の鼻先に達した
驚くことに
それが新横浜までつづいた

そのJKの粘り強さに
俺は心底感動した
日本はまったく安泰だ！
JKもその母親も腹が据わっている

あこがれの美詩L

蜜蜂に刺されたことがありますか？
わたしはあります
花盛りの春
白詰草を摘んでいたときです
草花を編んでつくったティアラで
ミシエルの髪を飾りたかったのです

男の子として生まれて来ましたが
わたしのこころは女の子
やさしいお姉たまのミシエルは
あこがれの人でした

朝ごはんもそこそこに
だれもいない広場にでかけて
白詰草を摘んでいました
ごくまれに四つ葉をみつけると
それだけでしあわせになりました
そんな矢先だったのです

虫に刺されたことはありますが

相手が蜜蜂は初めてでした
指先に激痛が走りました

ほかの蜂は死ぬことはないのですが
蜜蜂は人を刺すと死ぬと教わったのは
だいぶ後になってからのことです

わたしはワクワクしました
親指と蜜蜂に刺された人差し指で
ラヴ・サインのＬ字をつくりました
ミシエルのための花摘みのさなか
名誉の負傷を勝ちとったからです

あの蜜蜂のいのちは
はかなく散りましたが
わたしはしあわせに包まれていました

……はるか昔の春のことでした

アラサー女の歩M

耳を澄ましてみると
血流が聞こえます
さらさらと流れる小川ではなくて
下水溝を流れる汚濁水
わたしの澱んだ血が
薄汚い血液が
わたしの過去を嘲笑っています

かれの甘い言の葉を聞きたくないとき
わたしは耳をねじります
ボリュームをミニマムにするためです
何もかも忘れたいときは
反対にねじって
轟音の中で過ごします
頭が割れそうになる静寂がうれしいのです

猫の鳴き声や犬の遠吠えは
わたしに安らぎを与えます
誰もいない町中で
わたしだけが震えているのです

女のM字カーヴのどん底で
わたしはわたしの声を録音して
終日聞き入っているのです

もう終わりにしてもよいのですが
風の旋律に聞き惚れて
どこまでも力が抜けてゆき
立ち上がる意思が萎えています
歩きはじめるために必要なものは
どこを探しても見当たりません
わたしは耳をねじってミュートにします

八月のとある暑い日のことでした
わたしは無声映画ばかり観ていました
字幕もてのひらで隠していたので
人影だけが動いています
ふと気配を感じて視線を逸らすと
窓枠にバッタが佇んでいます
うすい緑の妖精のようでした

「あっ　こんなところにバッタ……」
思わず声を出してしまい
わたしは恥ずかしくなりました
頬を赤らめていたかもしれません

でも、急に力が湧いてきました
わたしはバッタのM字開脚と向き合い
何かを取り戻したようです

知らN恋は苦しきものそ

心根に燃え咲く　恋の炎が
ちろちろと　揺らめいている
風に堪え　雨を忍んで
消えそうで消えない

あなたは　知ってか知らずか
わたしに笑顔を向ける
そのたびに　俯くわたし
あなたは遠ざかってゆく

この胸のふくらみに宿った
小さな一輪
夏の野の茂みに隠れた　姫百合の誇り

あなたはきっと　気づいてくれる
わたしのこの　あなたへのまなざし
知らN恋は苦しきものそ

　　　　『万葉集』　　「夏の野の繁みに咲ける姫百合の知らえぬ恋は苦
　　　　　　　　　しきものそ」（大伴坂上郎女）を踏まえて

まいど0きに

俺が中学生のころ
よく通った飯屋があった
麺類に丼物
カレーライスやオムライスもあった
テーブルは四つほどだったか
それほど広くはなかった

その店には名物婆ちゃんがいた
引き戸を開けると第一声
「おいでやす」
一回で済むのに
それを四、五回繰り返した

年寄りだと思って侮ってはいけない
客さばきは抜群で
店内をコマネズミになって
往き来していた

俺はたいがいカツ丼だったが
ざるそばをつけることもあった

味も値段も手ごろなので
ひいきにしていた

帰り際にも声をかけられた
この婆ちゃん
深々と腰を折って
「まいどおおきに」を連発するのだ

悪く言えば米つきバッタだが
しなやかな腰が鞭のようにしなって
水飲み人形のように顔をあげる
その愛嬌は何とも言えなかった

俺のこころの片隅で
いまだ婆ちゃんの
「まいど○きに」が響きわたる

話がＰマン

流行語の「頭がピーマン」は
七十年代後半に登場したらしい
「話がピーマン」という兄弟もいるようで
応用はいくらでもありそう

話に中身がなければピーマン
うそ臭かったらトマト
ぞっとする話はレタス
ごちゃまぜならばピラフ

若者の感覚語は留まることを知らない
「言い得て妙」ということばがあるが
思わず感心してしまう

俺は「話がＰマン」という文字列を思い浮かべる
Ｐのところに何を入れるか
とりあえずはポストマン
江戸時代だったら飛脚
なんかカッコイイ

あるいはポリスマン
たのもしかったり
こわかったり
ピストル下げてるもんねぇ

湖畔を散策するポエムマン
はきだすことばがポエジー
ナルちゃんの
ひとりごと

それぞれの話はどうなってるの
寡黙　威嚇　迷惑
そんなところか

話がＰマン……
流行らんだろうな

Q街道はいつも渋滞

旧街道はいつもガラガラ
人も車も見かけない
バイパスが完成してから
用なしになったのだ
狭い上に舗装も万全ではなく
砂埃の立つことすらある

ところが、見る人が見れば
いつも渋滞している
Q街道と呼ばれる場合だ

Q街道は旧街道にそっくり重なる
これまで通ったすべての人や車が
列をなしているのだ

車が車に折り重なり
人と人とが混ざり合っている
長時間露光で撮った写真のようだ

古い型の車や

時代遅れのファッションは
セピア色が似合っている

新しい車や最近の人は
あまり見当たらない
肩身が狭いのかもしれない

重なり合う人と車は
蛇腹となって
Q街道を往き交っている

Q街道を見物するのに
霊感など要らない
じっと見つめていれば
きっと見えてくる

いつでもメールはイニシャルR

霊子のイニシャルはR
メールの署名はいつでもR
俺はレイコと呼び捨てていた

霊子が死んでから
十年経った
生きていれば三十歳
アラサーのいい女になったはず

霊子の霊は幽霊の霊
あまり見かけない名前だ
本人は嫌がっていたのか
いつでも署名はRだけ
「Rでアール」なんてしゃれたこともあったけど……

メル友の一線を越えたとき
俺はその気だったが
ほかに男がいても平気だった

俺は霊子の好きにさせたが

それがいけなかったのか
いつしか醒めたままになって
冷たい人形を抱いているようだった

ある日、霊子の兄と名告る男が訪ねてきた

「今までのお付き合い、ありがとうございました。
ご報告します。霊子は昨日……死にました。
しあわせだったと思います。水子にされて二十年、
あの子は魂だけで生きてきたのです。
双子の姉の幽子のからだに取り憑いて
死人（しびと）の生を歩んでいたのです。
あなたのおかげで、本当に死ぬことができました」

俺は突然、涙に襲われた
霊子が死んだことに泣いたのではない
手ぶらで死なせたことを悔いたのだ

俺は霊子を供養しない
俺が死んで
異境であの子に出逢ったら
強く抱きしめてあげたい

エスはシスターの S

ようちゃん　ようこちゃん　妖子……
あたくしがきみに出逢ったのは
ちょうど十年前
きみが十六歳
あたくしが十七歳だったわね

あたくしがきみをお目にしたかったのは
可憐な姿もあったけれど
すずらん寮の歓迎会で魅せた
なんでも容れる器のような性格

あたくしはほかの女に渡したくなかった
細工をして同室を奪い取り
少しずつくすりを盛った
きみはあたくしのとりこになった

あたくしが退寮しても
安心だった
あたくしは誰にも負けはしない
お目にしたかぎり

きみはあたくしのもの
Ｓのリボンは永遠に解けない

離れ離れになっても
あたくしたちは親密だった
こころとこころはふたつでひとつだった
きみが男どものあいだを泳いでいるときも
あたくしは心配しなかった
きみの湖には葦が生い茂り
男のけがれは浄化される

きみが孕んだとき
あたくしたちは
みこを育てることにした……ふたりで
あたくしの仕事は軌道に乗っていた
きみは子育てに専念すればよい

父を知らないみこだけど
だいじょうぶ
あたくしがその役を引き受けるわ

Tカップで乾杯！

たいがいの人はお祝い好き
何かにかこつけて
自分が楽しみたいからだ
こころから人を祝うことなんか
なかなかできるものではない

ある女に俺は驚いた
同僚の結婚を祝って
内輪だけのパーティを
こぢんまりと開いたときだった
みんな和気藹藹で
幹事の俺はホッとしていた

お開きになって
二次会へと雪崩れ込んだ
その女が俺に詰め寄ってきた
「どうして、わたしに……
もっと気を遣ってくれないの」
俺は最初何の意味か分からなかった
その女を祝う集いではなかったはずだ

女はとても不機嫌そうだった
「じゃぁ」と言って
会費も払わずに帰っていった
俺は濡れ衣を着せられて
廊下に立たされた中坊の気分だった

帰宅して、紅茶を淹れた
ティー・カップを
その頃可愛がっていた
ティラノサウルスの
フィギアの口にコツンと当てて
Tカップで乾杯！

チラちゃん（そのフィギュアの呼び名）は
こころなしか喜んでいるように見えた
俺は何か不愉快なことがあった夜
そんな儀式を行って
ご破算にする習慣だった

ときどきこの経緯を思い出す
「少し悪いことをしたかな……」
今ではそんな後悔の念が浮かぶこともある
ハイミスとか行かず後家とか

陰口を叩かれていた女である
お局様として君臨することもできず
ひとり悶々としていたのだろう

この女のその後のことは知らない
こころの中で
Ｔカップで乾杯！
それで赦してくれないだろうか

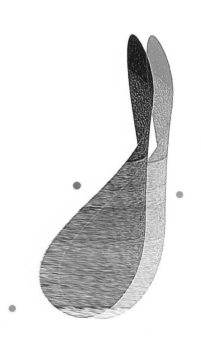

Uウツなる日日をどうしよう

「鬱」という漢字を覚えたのはいつごろのことか
たぶん中学生のころだと思う
とにかく画数の多い漢字を覚えることが遊びだった
雲と龍を三つずつ重ねた
「たいと」の八十四画が一番多いらしいが
鬱は二十九画なので半分以下だ

鹿を三つ重ねた「麤」は三十三画で
「ソ」と音読みする
俺の覚えた漢字で一番画数が多い
「麤枝大葉」などの用例があり
「粗い」という意味らしい
もっとも、鹿を三つ重ねるだけだから
覚えるのは簡単だ

この他にも
漢字を三つ重ねた漢字はいくつかあり
品　晶　森　轟　姦　犇　磊　蟲
などは見たことぐらいはあるだろう
俺が好きになった漢字は磊落の「磊」

この日本だって出る杭は打たれる
ちょっと成績を上げて浮ついた奴には
非難の嵐が轟々と吹き荒れる
騒々しい限りだ
能面をかぶってわが身が大事
Ｖサインは控えめに
負かした相手にはリスペクト

八百長や狎れあいを厳しく断罪しながら
勝って兜の緒を締めよという
そんな高楼は家康の牙城だ
ドングリの背比べの世の中で
たまさかの勝利を寿いで何が悪い

打たれた投手に同情して
今度はピーゴロでも狙ってみるか
そんな勝負は見たくない

打たれてうなだれ　抑えて天狗
打てずにバットへし折り　打ってドヤ顔
それでいいじゃないか

配慮、配慮なんて口では言うが
腹の中は真っ黒じゃないのか

Wスタンダードは窮余の一策

人を殺めれば処刑される
いまだに通用する掟だ
目には目を　歯には歯を
命には命というわけだ

殺人よりも窃盗の方が重罪
そんな例外もあることはあるが
きわめて稀だ
殺人は人の犯してはならない
禁忌の最高峰

近代になって
ベッカリーアが提唱した
死刑制度廃止論が
人々のこころを動かした
死刑は人間の尊厳を切り崩す
そう考える人が増えてきた……

これは中世のある国の話である
ある村で殺人事件が起こった

いさかいの果てに
相手を殴り殺してしまったのだ
犯人は鍛冶屋だった
ここまではよくある話だ

村長（むらおさ）は悩みに悩んだ
殺人を犯せば死刑と決まっている
掟は守らなければならない
鍛冶屋はひとりしかいない
村人が困る

その村には仕立て屋がふたりいた
とても仲が悪い
村長は決断した
腕の劣る方を処刑することに
これで帳尻は合う

Wスタンダードは窮余の一策
人の世のジョーカーだ

クリスマスはX脚で千鳥足

Xで始まる英単語は一番少ない
X'masやX-rayくらいしか思い浮かばない
惑星XやミスターXは
未知の場合にとりあえずつけるもの
X線だって発見時には性質が不明で
そのまま名前だけが残った
ちなみに、X脚は日本語だ

俺の子どものころ
クリスマスはお祭りだった
三角帽子に鼻眼鏡
酔っぱらいの大合唱
モミの木にイルミネーション
サンタクロースに長靴下
ショートケーキにかぶりつき
山賊焼きによだれをたらす
プレゼントには大感激！

五歳の従妹サクラの片言が面白かった
「お兄ちゃん、あのね、モモはまだ

サンタさんを信じてるの。だから、
それはお父さんだ、なんて言わないでね」

俺はもちろん約束を守ったが
サクラはモモよりもおとな……
それを自慢したかったのだ

俺のダチのひとりに
毎日がクリスマスの野郎がいる
昼すぎから飲みはじめ
夕方にはX脚の千鳥足
メリークリスマス！
なんて叫んでいる

Ｙルドな夏に

ミケランジェロの傑作
「サン・ピエトロのピエタ」に初めて接したとき
聖母マリアがずいぶん若いなと思った
わたしは彫刻に造詣が深いわけではない
写真で見ただけである
もちろん、実物を目の当たりにしたことはない
だから、素人の印象にすぎなかった

ある毛羽だった夏の日
酷暑を避けて美術館に潜入した
しばらく涼むためだった
「イタリア・ルネサンスの芸術」という催し物があり
ミケランジェロに関するパンフレットが置かれてあった

さして興味が湧いたわけではないが
パラパラと頁をめくるうちに
くだんの作品についての解説が目にとまった
大理石の一枚岩からこの彫像はつくられているが
ある枢機卿の依頼によるものだそうだ

息子のイエスよりも若く見えるマリアについて
その枢機卿は指摘した
「マグダラのマリアの間違いではないのか」、と
これに対してミケランジェロは
「原罪なきマリアは歳をとらない」と言い放った

キリスト者ではないわたしが
あれこれ嘴をさしはさむことはできないが
「純潔の奇跡」とでも言おうか
母にして娘であるマリアの若さなのである

わたしはしばし呆然としていた
あまりにもワイルドな夏に
あまりにもＹルドな逸話
わたしは聖母マリアの膝に憩うイエスに
……嫉妬した

掲げないでね Z 旗

うちの会社……たぶんブラック
高校出て十年ちょっと勤めているけど
最近はどんどんひどくなってきた
わたしもそろそろお局様だし
見切りをつけてお嫁に行こうと思ってる

社長はモーレツ時代の化石だから
「おれにできることはだれにでもできる」
をモットーにしている
だから社員の入れ替わりも頻繁だ

いまどきの若い子
仕事はきちんとするけど
チューセイ心なんてまるでない
でも、それは当然だ
会社は会社、自分は自分
しっかり割り切っている

ついこの間係長になったスダレさん
万年ヒラだったのに

面倒な仕事を押し付けられた
……ナス仕事だ
うちの隠語でマイナス仕事のこと
プラ仕事の真逆に当たる

もちろんプラスの花形は営業で
ナス仕事は苦情処理
スダレさんは頭を抱えた
パソコンの脇に妙な小旗を二本くくりつけて
ハチマキまでしている

その旗の一本にはＺの文字が刻んである
もう一本は青、黄、赤、黒の四色旗だ
わたしにはすぐ分かった
Ｚ旗だ！

父ちゃんが歴史好きだったので
子どものころからさんざん聞かされた
「皇国ノ興廃此ノ一戦ニ在リ
各員一層奮励努力セヨ」
スダレさんなりのパフォーマンス

でも、やめてほしいな
レトロすぎるし

オシャレでもない

わたしはこころの中でつぶやいた
「好きなアイドルの小旗もおつけになったら……」

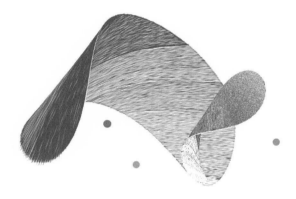

食後の甘味
アルファベット・デザート

最初はアップルappleリンゴだよ
男の子はのどにひっかけて仏になった
女の子はふたつ呑み込んで胸に並んだ

次はバナナbananaでいってみよう
バナナの皮で滑って転んで
ハゲのおっさん毛がなくてよかった

三番目はサクランボcherryだね
女の子は乙女のあかし
男の子はなめられるしるし

Dのドーナツdonutは四番バッター
真ん中にぽっかり空いた穴を食べるのは
誰にもできない離れ業

さて五番街にはEがお似合いだね
エクレアéclairはオシャレなお菓子
小ぶりな稲妻甘き瞬殺

Ｆは飛ばしてＧはどうかな
ブドウ grape の黒系は巨峰が一番
巨砲じゃないよ、おかあちゃん

Ｈは和製英語のホットケーキ hot cake
英語圏では pancake と呼ばれるね
メープルシロップとバターが友だちだよ

さあＩの出番だ末広がりの八番目
アイスクリーム ice cream とウエハース wafers
カップの中で熱い抱擁

Ｊの字にはジェリービーンズ jelly-beans
カラフルでポップだけれど
ちょっと軽く見られそうだね

キーウィ kiwifruit は切りのいい十番目
ニュージーランドのシンボル鳥 kiwi に因んだ名前だけれど
姿かたちが似ているからではないらしい

レモンケーキ lemon cake はお侍の十と一
しっとりさわやか初恋の味
紡錘形が愛らしい

十二単に包まれるはマンゴー mango

ジュースが売れて大忙し

和名は菴摩羅いずれにしても妖しい名前

十三番目はヌガー nougat だよ

歯にくっつくのが玉に瑕

アラブのお菓子ハルヴァが原型

Oのオレンジ orange 藤四郎

中学生はオランゲと暗記する

身に覚えがあるでしょう

パイナップル pineapple はリンゴじゃないよ

皮がトゲトゲだとは露知らず

缶詰に収まる黄色いドーナツ

QとRはちょっと待ってね

ハートのエースのストロベリー strawberry イチゴちゃん

最近は白い友だちできたって

Tは和菓子が初登場

泳いでみれば大人気のタイヤキ taiyaki だよ

綽名はオスト・デル・アンコ

UとVは後回し
十八番（おはこ）はWで決まりだね
ドーンと構えしスイカ watermelon の大親分

珍しいお菓子は羅列しましょう
Fのファルクレラ falculella はコルシカ由来
あのナポレオンも食べたのでしょうか

クイーン・プディング queen of puddings に
ガトーショコラのシバの女王 Reine de Shiba
いとやんごとなきテイストかしら

アップサイドダウンケーキ upside-down cake に
ヴィクトリア・スポンジケーキ Victoria sponge cake
石鹸だってケーキだぜ

最後のお楽しみはクリスマスケーキ Xrismas cake
二十五歳は女のけじめと言われるけれど
売れ残ったっていいじゃない

おっと忘れたYの字は
お代官様ではありませぬ
ヨウカン yokan 様のお通りだい

さてどん尻に控えしはＺの大将
スイーツの苦手なお方には
見えないお菓子ゼロ zero をお出しししましょうね

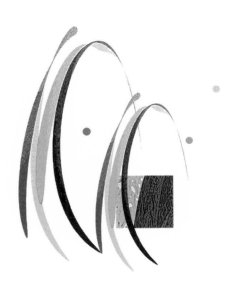

あとがき

　新しい詩集をリリースします。『アルファベット遊戯』という題名をつけました。ＡからＺまで、アルファベット二十六文字を用いて、遊んでみたからです。できるだけ軽みを重視しましたが、なかには重たい詩が含まれているかもしれません。多様な人間模様がモチーフですが、わたし自身の経験に材を採った作品もあります。いつかフランスの小話（コント）のような詩作品をものにしたいと思っていますが、はたして実現するのでしょうか。なお、前菜として「英字ビスケット」を、食後の甘味として「アルファベット・デザート」を添えました。どうぞ、お召し上がりください。

　さて、この詩集を編むにあたって、多くの方のお世話になりました。とりわけ、Maria N. 氏には、全作品にわたって監修の役割を引き受けていただきました。全体の構成は、今回も倉本修氏にお願いしました。併せて、感謝いたします。

　　二〇二一年　晩夏　　　　　　　　　　　青池薔薇館

青池薔薇館（あおちばらやかた）略歴

1954年　東京に生れる。
本名　Seiji Mutô
1992年より2020年まで、28年間の
高知暮らしを経て、現在、比叡山の
麓に棲息中。

アルファベット遊戯

二〇二一年十二月二十四日発行

著　者　青池薔薇館

発行者　松村信人

発行所　澪標（みおつくし）
　　　　大阪市中央区内平野町二-三-十一-二〇二
　　　　電話　〇六-六九四四-〇八六九
　　　　FAX　〇六-六九四四-〇六〇〇
　　　　振替　〇〇九七〇-三-七二五〇六

印刷製本　亜細亜印刷株式会社

DTP　　山響堂pro.

©2021 Seiji Mutô

定価はカバーに表示しています

落丁・乱丁はお取り替えいたします